한국 희곡 명작선 37

'숙영낭자전'을 읽다

한국 희곡 명작선 37

'숙영낭자전'을 읽다
-Starry, starry night-

김정숙

평민사

심정수

모시는 사람들 2013 첫 작품
《숙영낭자전》을 읽다

등장인물

마님
아씨
과수댁
어멈
섭이네
막순이
백선군

권호성/연출
2013년 1월 12일 / 과천시민회관 소극장
2013년 1월 24일~2월 3일 / 설치극장 정미소

1. 규방

무대는 규방. (규방閨房이라고 함은 집안 깊숙한 내실에서 아녀자들
이 일생의 대부분을 살아가는 공간을 말한다.)

'인자하신 어머님의 손끝의 실은
떠돌이 아들의 몸에 걸칠 옷이라네.
바느질 하실 때 꼼꼼히 꿰매심은
행여 더디 돌아올까 걱정하시는 마음.
누가 말했던가, 촌초 같은 아들 마음으로
삼촌 햇살 어머님 사랑 보답키 어려움을'

2. 風景

어둠속

화로에 숨이 들면 불빛이 피어나고

불씨가 등잔에 옮기어져 방안을 밝힌다.

밝아지는 규방에는,

실패에 실을 감는 막순이

인두질하는 향금아씨와 마님

바느질하는 어멈과

다듬이질 하는 과수댁과 섭이네까지 규방풍경이 다정하니

들창에 달빛이 좋다.

다듬이질 장단 소리

똑딱 똑딱 똑딱 똑딱 똑똑 딱딱~

하얀 호청을 맞잡아 팽팽히 늘이고 마주 접어 보자기에 싸서 꼭꼭

밟아 주름을 펴서 횃대에 널어놓는다.

마님이 아씨에게 인두질을 일러준다.

마님　(아씨에게) 그렇지, 인화낭자가 구석구석 모양을 내고 가다
　　　듬어야 옷맵시가 나오는 게야.

아씨　예.

마님　(딸의 기색을 살피고) 시집살이 어렵다 하나 네가 본성이 무
　　　던하니 다 깨우치면 되느니라.

아씨 예 어머님.

마님 효자의 애일지심 백년이 잠깐이니
잠시 동안 부모 섬기기를 잠시라도 잊을 수 있겠느냐
시부모님을 모실 적에
온순하게 공경하기에 뜻을 두고
지성으로 봉양함에 있어
사정이 있어도 아주 깜박 잊지는 말고
자주 자주 나아가서 시부모 기색 살핀 후에
얼굴색을 부드럽게 하고 목소리를 작게 해서
아침저녁 문안 인사를 드린 후에 음식을 여쭙고
말없이 기다려서 묻는 말씀에 대답하고
찾기를 기다리지 말고 때를 맞추어서 드리고
음식 없다 핑계대지 말아라
참된 효성이 지극하면 얼음 속에 잉어가 나오고
눈 속에서 죽순이 오르는 게야.
의복을 드릴 때 날씨를 살펴서 계절에 따라
찾으시기 전에 바치고 품과 길이가 맞는지
진심으로 조심하여야 하느니라 (계녀가 중에서)

아씨 (인두질이 서툴러) 앗 뜨거!

마님 재 떨어진다.

아씨 (인두질은 무섭다) 예 어머님.

마님 화로는 식어 가는데 그렇게 굼떠서야…… 한 번 달군 인
두가 식기 전에 마무리를 지어야지.

9

아씨	(허둥지둥) 예 어머니.
어멈	(화제를 돌려) 우리 애기씨 낼 모레면 시집가시네. 낭군님 만나실 생각하니까 좋으세요?
아씨	(어머니 눈치 보며) 그러지 마 어멈, 나 무서워.
어멈	(놀라) 뭐가 무서워요?
아씨	(어머니 들을세라) 아니야 어멈.
과수댁	(섭이네 바느질을 건너다보며) 무슨 생각을 그리 요란하게 하길래 바느질 땀이 널을 뛰어?
섭이네	(깜짝) 널이요? 나 널 안 뛰었어요. (잠시) 성님, 널뛰고 싶어요? 호호호 우리 성님은 아직도 애여요 호호호.
과수댁	누가 널뛰고 싶대, 바느질 말여, 바느질이 널을 뛴다고. 삐뚤빼뚤 아이구 볼썽사나워.
섭이네	(막순이에게 보이며) 막순아, 널을 뛰냐 어쩌냐?
막순이	(한 술 더 떠서) 거기 그네도 탔네요!
과수댁	꽃단장도 안했는데 어찌 단옷날도 못 타본 그네를 바느질을 하면서 타는가, 널도 뛰고 그네도 타고 재주도 좋아.
마님	어디 보자.
섭이네	(옷을 내민다) 요사이 눈이 어두워서 그만.
마님	(보고 내어준다) 바느질은 정성이야.
섭이네	(받으며) 예.
막순이	내가 할 게 이리 줘요. (섭이네 옷을 받아 뜯는다)
과수댁	(깨진 바가지를 건네며) 바가지나 꿰매어!

섭이네   (받으며) 바가지는 지가 잘해요.

섭이네가 다듬잇돌에 앉는다.

어멈   (섭이네 보며) 다듬잇돌에 앉으믄 서방한테 쫓겨나.

섭이네   (내려앉으며) 히히히 그 멍충이나 쫓겨나지 말래지우.

과수댁   (혼례복 치마를 바느질하며)

이 치매가 이래도 나라에는 충신 치매

이 치매가 이래도 부모한테는 효자 치매

이 치매가 이래도 가장한테는 열녀 치매

이 치매가 이래도 형제간에 인정 치매

이 치매가 이래도 집안 간에는 우애 치매

이 치매가 이래도 동네 간에 화목 치매

이 치매가 이래도 방에 가면 앉을 치매

이 치매가 이래도 질에 가면 가마 치매

이 치매가 이래도 우리 아씨 새색시 치매

(치마타령)

어디 우리 애기씨, 기장이랑 맞는가 봅시다.

아씨가 겉저고리, 치마를 벗고 입어 본다.

과수댁   (입혀보며, 좋아서) 이 눈이 참말로 보배여! 아이고 참 고우
시다!

아씨	(부끄럽지만) 고마워요 과수댁.
어멈	(치마 입어 보는 김에) 마님, 원삼도 다 되었는데 보시겠어요?
마님	볼까?
어멈	막순아.(원삼 가져 오너라)
막순이	예. (알아 듣고)

막순이가 횃대에서 원삼을 가져 온다.

어멈	(입히며–모두에게) 잘 맞지요?

옷도 애기씨도 다 이쁘다.

과수댁	(인정한다) 좋다!
섭이네	(놀라) 애기씨여, 선녀님이여?
마님	(어머니의 눈물) 향금아!
아씨	(딸의 눈물) 어머님!
과수댁	(얼른 벗겨내며) 어허 부정 타요! (혼례복을 막순에게 주며) 막순아.
막순이	예!(막순이 혼례복을 받아 홀린 듯 바라본다)
과수댁	뭐하냐?
막순이	예! (얼른 횃대에 건다)
아씨	(어멈 손을 잡고 치하) 혼례복이 너무 이뻐!
어멈	우리 아씨 잘 사시라고 정성이면 정성이요, 치성이면 치

성, 어느 것 하나 빼지 않고 바느질 땀땀이 축수하며 지은 옷이니, 저 옷 입고 혼인하시면 만복이 깃들어 부부간에 금슬화해하고 가정에 지혜와 복덕이 햇살처럼 스미어 안락화목하게 될 것이어요.

과수댁 문장 났네!

아씨 모두 고마워요

과수댁 (책을 가져다 내밀며) 정히나 고마우면 숙영낭자전이나 또 읽어 주시와요!

아씨 또?

과수댁 예!

아씨 그렇게 듣고도 아직도 들을 재미가 남았수?

과수댁 그러게 말이에요, 이목구비가 달라 그런가. 이야기 듣는 구녕마다 재미도 제각각에, 대목 대목이 맛이 다 달라서 어제 들은 재미가 사라지기도 전에 우리 애기씨 이야기 소리가 벌써 또 기다려지니.

섭이네 매월이는 어째 그럴까요? 난 숭내도 못 내것네.

어멈 숙영낭자가 밉지, 미우니께 그러지.

막순이 사랑이 밉지요. 백선군이 품어만 줘도 어디 그래요? 저 아쉬울 땐 수청을 들라 했다가 숙영낭자를 만났다고 싹 무시하니 열불이 나지요.

과수댁 그러니까 재미지지!

섭이네 혼례를 치루지 않았다 해도 며느리는 며느린데 오죽 억울하믄 숙영낭자가 지 목숨을 끊는다오.

13

어멈	본디 시집 밥은 피밥이고, 친정 밥은 쌀밥이여.
아씨	(숙영낭자전은 아무래도) 난 무서워서 싫은데.
과수댁	아이고, 이야기여요 이야기, 다 꾸며논 이야기.
아씨	(시집갈 사람으로) 그래도 너무 슬퍼.
어멈	그러믄 아씨, 춘향이를 읽을까요.
과수댁	아니믄 거시기, 거기만 읽어요.
아씨	어디?
과수댁	숙영이랑 백선군이 거시기.
막순이	워낭이 녹수 거시기!
섭이네	호호호 그대목만 들으믄 자꾸 오줌이 매려요.
과수댁	그렇지 괴기도 먹어 본 놈이 맛을.
어멈	(마님 앞에서 입조심) 어허!
과수댁	무서운 대목은 빼고 재미진 데로만 골라 읽어요.
어멈	그래도 이야기가 구색이 있지.
막순이	아무리 둘이 죽고 못 살아도 다 소용이 없어요.
마님	당연하지, 두 사람이 천생의 인연이라 해도 이승의 법도를 무시하고 혼례를 치루지 않고 사니 그런 사단이 나는 게야. (어멈에게) 버선이랑 골무랑 다 되었지.
어멈	예 마님, 바리바리 다 꾸려 놓았어요.
과수댁	지는 이자 큰일 났어요. 아씨 시집 가시믄, 지는 누구한 테서 또 재미난 이야기를 듣는데요?
마님	그리해라. 바느질거리도 남았으니 잠도 쫓을 겸 두루 좋겠구나.

아씨   예 어머님!

섭이네   매월이 듣는 거유?

과수댁   미워 죽는다고 할 땐 언제고?

섭이네   어이구, 우리 성님이 이렇게두 어리숙하니 으쩜 좋으까 미운정 고운정도 몰라유?

과수댁   뭐여?

아씨   자꾸 싸우믄 워낭이 녹수랑, 매월이만 빼고 읽을 테야.

과수댁·섭이네   (놀라) 아니여 아니여!

3. 誦書 (책이 소리가 되다)

아씨는 호롱불을 돋우고 책을 펼쳐 들어 책을 읽는다.

여인들은 바느질로 마음을 모으고 숨을 맞춰 귀를 열고

이야기 들을 준비를 한다.

아씨가 책을 읽는다.

소리가 흘러나온다.

— 이하 여인들의 몸짓, 소리 짓은

아씨의 이야기 소리를 받아

心中의 이야기와 짝을 이루어 어우러진다.

그러나 이것은 여인들의 마음속에서

제각기 일어나는 일이어서

他人들은

아무도 모르는 것으로 정하기로 한다.

아씨   "유명 조선국 경상좌도 안동 태백산 아래"

먼데 새소리 들리어 온다.

마님   (나는 이 이야기를 안다. 돌림소리로) "유명 조선국 경상좌도 안
동 태백산 아래"

섭이네   (//) "유명 조선국 경상좌도 안동 태백산 아래"

16

어멈 (//) "유명 조선국 경상좌도 안동 태백산 아래"

막순이 (//) "유명 조선국 경상좌도 안동 태백산 아래"

과수댁 (//) "유명 조선국 경상좌도 안동 태백산 아아래 좋다!"

밤 새소리 – 소쩍소쩍!

아씨 "한 선비가 이시되 성은 '백'이요 명은 '성해'라"

마님 (//) "한 선비가 이시되 성은 백이요 명은 성해라"

섭이네 (//) "한 선비가 이시되 성은 백이요 명은 성해라"

어멈 (//) "한 선비가 이시되 성은 백이요 명은 성해라"

막순 (//) "한 선비가 이시되 성은 백이요 명은 성해라"

과수댁 (//) "한 선비가 이시되 성은 백이요 명은 성해로구나!"

새소리 아득하게 스며들고
아씨의 글 읽는 소리가 높아진다.

아씨 충열 백선의 후예로 어려서 과거급제하야 벼슬이 병조 참판에 잇더니 소인의 참소를 만나 벼슬을 그만두고 고향에 도라와 농업을 힘쓰니 집안은 부유하나 연당 사십에 일점 혈육이 업서 주야로 슬퍼하드니.

여인들 (모두 – 우리는 이야기를 잘 듣겠습니다) "연당 사십에 일점혈육이 업셔 주야로 슬퍼하드니"

섭이네 (하품을 쩌억) 하아아아푸우움~

17

아씨　　　일일은 부인이 가로대 '소백산 주령봉에 들어가셔 극진히 삼생기원하면 혹 남녀간의 소원성취한다 하오니 우리도 정성으로 빌어보사이다' 하니 상공이 우워 왈 '빌어서 자식을 낳을 수만 있다면 천하에 무자식한 사람이 또 어데 잇사올잇가? 아무러나 부인 소원이 그러하오면 비러 보사이다.'

여인들　　(모두 – 아무러나 재밌게 들려 주세요) "아무러나 부인 소원이 그러하오면 비러보사이다!"

　　　　아씨가 청산유수로 이야기를 읽어내니
　　　　듣는 여인네의 몸이
　　　　소리 따라
　　　　이리 저리 장단을 맞추나니……
　　　　실에 꿰인 바늘이 허공에서 춤을 추고
　　　　바느질감이 펄럭! 장단을 맞추며 추는
　　　　여인들의 앉은 춤이
　　　　그림자와 어우러져 활짝 핀 함박꽃처럼 어여쁘다.

아씨　　　그날부텀 목욕재계하고 재물을 갖추어 소백산으로 들어가 양인이 정성으로 발원하고 집에 도라 오니 부인이 과연 그날부텀 태기 있어 열 달이 지난 어느 날 집안에 운무 자욱하며 향내 진동하며 사내아이를 낳으니 하늘에서 한 선녀 내려와 향수로 아이를 씻겨 부인의 곁에 누이고 말하기를 '이 아기는 천상 선관으로 요지연에서 숙영낭자와 함께 희롱한 죄로 상제게옵서 인간세상에 귀양 보내 그대 집에 태어나게 했나이다. 이 아기는 숙영낭자와 부부간의 인연이 있으니 귀하게 길러 부디 하늘의 뜻을 거스리지 마옵소서.'

재삼 당부하고 올라 가거날 부인이 정신을 진정하고 상공을 청하여 선녀 일오던 말삼을 다 낫낫치 고하매 상공이 아기를 자세이 보니 얼골은 관옥갓고 울음소리는 신선처럼 맑고 깨끗하여 이름을 백선군이라 짓더라. 선군이 점점 자라나매 골격이 뛰어나고 모르는 것이 없어 보는 이마다 칭찬하고 선군이 열다섯 살이 되니 세상 사람들이 이르기를 '선군은 틀림없는 천상의 선관이라' 하더라. 부모 또한 더욱 사랑하여 말하기를 '이제 선군의 배필을 구해야 할 텐데 어떻게 저와 같은 배필을 구하리요?' 하고 매일 선군의 짝이 될 만한 사람을 널리 구하는 것이었다.

막순이,
바느질 앉은 춤짓에
빈녀음(허난설헌) 소리를 얹어 읊는다.
– 다른 이들은 모르는 것으로 한다.

막순이　(빈녀음(허난설헌) – 나의 신세)

얼굴 맵시야 어찌 남에게 뒤지랴
바느질 길쌈 솜씨 모두 좋건만
가난한 집안에 자라난 탓에
중매 할미 모두 나를 몰라준다오
춥고 굶주려도 겉으로 내색 아니하고
하루 내내 창가에서 베만 짠다네
부모님은 가엽다 생각하지만
이웃의 남들이야 어찌 나를 알리요
밤늦도록 쉬지 않고 베를 짜노니
베틀 소리만 삐걱삐걱 처량하게 울리네
베틀에는 베가 한 필 짜여 있지만
결국 누구의 옷감이 되려나
가위로 싹둑 싹둑 옷 마르노라
추운 밤 끝에 손이 호호 불리네
남의 시집살이 길 옷은 밤낮이건만
이 내 몸은 해마다 새우잠인가
(긴 한숨) 에휴우~

4. 說夜

섭이네 고개가 방아를 찧는다.

아씨   선군이 하늘이 맺어 준 사랑 - 숙영낭자를 찾아 옥연동
으로 가는데 만학천봉은 병풍처럼 사방에 둘러 있고 연
못에는 연꽃이 가득 피었난디, 연못에 늘어진 버드나무
는 바람 따라 춤을 추고, 꽃을 찾는 나비는 봄빛을 희롱
하여 꽃향기가 옷에 가득 스미니 여기가 바로 별유천지
무릉도원이더라.

차첨차첨 드러 가면서 바라보니 쥬렴으로 둘러친 화려
한 누각이 공즁의 솟아있고 누각 입구 현판에 '옥연동
가문정'이라 하였더라. 션군니 마음이 황홀하여 불고염
치하고 누각위로 올너가니, 한 낭자가 고개를 숙이고 부
끄러워 하며 자리에서 일어나 묻기를.

숙영   (아씨) '그대는 누구시길레 마음대로 신선이 사는 누각
에 오르시나이까? 그대는 목숨이 아깝거든 얼른 내려
가소서.'

백선군 (환영) '나는 산을 구경하러 온 속객인데 이곳 경치가 너
무 아름다워 선경인 줄 모르고 마음대로 들어왔나이다.
낭자께서는 부디 무지한 속객을 용서해주소서'

아씨	선군이 얼핏 보니 꿈에 본 낭자인지라 이때를 놓치면 다시 보기 어려우리라 생각하고.
백선군	(환영) '낭자는 저를 모르시겠나이까?'
아씨	숙영이 모르는 척 외면하니 선군이 어쩔 수 없이 돌아서며 하늘을 우러러 탄식하여.
백선군	(환영) 밝고 밝으신 하느님, 저를 굽어 살피소서. 부디 천생연분 숙영낭자를 찾아 백년기약을 잃지 말게 하옵소서. 이제 저는 가오니 낭자는 어지러운 마음을 편히 하소서.
숙영	(아씨) '낭군은 가지 말고 내 말을 잠간 들으소서. 그대가 비록 인간세상에 환생했다고는 하나 어찌 그토록 생각이 없나이까? 아무리 하늘이 맺어준 인연이라 할지라도, 아녀자가 어떻게 한마디 말씀에 출입을 허락할 수 있겠나이까?' 낭군은 웃지 그리 생각이 없나이까?'
백선군	(환영) '꽃 본 나비가 불이 무서운 줄을 어찌 알며 물을 본 기러기가 어부를 겁내리오? 오늘 낭자를 만났으니, 이제 난 죽어도 여한이 읍나이다.'
숙영	(아씨) '저 같은 아녀자를 생각하다가 병이 드니 그것이 어찌 대장부의 행실이라고 할 수 있으리요? 우리 두 사람은 천상에서 죄를 짓고 인간세상에 내려와 앞으로 삼년 뒤에 인연을 맺게 되어 있나이다. 삼 년 뒤에 청조로 매파를 삼고 상봉해서 육례를 맺어 백년해로 하사이다. 그러나 만일 우리가 하늘의 뜻을 어기고 지금 몸을 허락

하오면 크게 후회할 일이 생기리이다. 그러니 어려우시
더라도 삼 년만 참고 기다려주시옵소서.'

백선군 (환영) '내 심정은 지금 일일이여삼추라 삼 년이면 몇 삼
추나 되겠나이까? 낭자 만일 그져 도라가라 하시면 션군
의 목숨은 오늘로 끝나리이다. 내 목숨이 황천의 외로온
혼백이 되오면 낭자의 목숨인들 온전하오리까? 엎드려
바라건대 낭자는 송백갓튼 정절을 잠간 굽히시어 낙시
의 물닌 고기를 구해주옵소서

아씨 하고, 사생을 결단하니 낭자의 처지가 태산 꼭대기에 선
것처럼 앞으로 나갈 수도 뒤로 물러날 수도 없는지라.
이때 밝은 달빛은 하늘에 가득하고 밤은 깊어 삼경인데
선군이 낭자의 손을 이끌고 이불 속으로 들어가니 낭자
도 어쩔 수 없이 따라 들어가 몸을.

밤새소리 소쩍소쩍!
아씨가 무망중에 벌떡 일어나며 물그릇이 엎어진다.

아씨 (놀래어) 에그머니나, 물그릇이 엎어졌네!
과수댁 (아까워서) 아구구구 '몸을 허락하난지라' 거기 재미가 으
뜸인디, 에이구 아까워라. (입맛을 다신다) 쯧쯧.

5. 놀음!

막순이가 졸고 있는 섭이네를 깨우고 걸레를 찾아 물을 닦는다.
섭이네 슬그머니 앞치마로 침을 닦는다.

과수댁　(심통) 잠자는 귀신이여?

섭이네　글씨나 말여요, 그냥 응뎅이만 붙이믄 잠이 쏟아져 못
　　　　살것으니 몸이 아조 이상하네요. 요사이 애를 서나……
　　　　하하하하푸품~

과수댁　우라질, 마당과부 염장을 지르네. (몸부림) 아이고, 내 워낭
　　　　이야 녹수야!

마님　　혼인을 해야지. 혼인을 해야지. 아이구 육예를 치러야 인
　　　　연이 맺어지는 것이지. 저들끼리 백날 좋아야 다 허사가
　　　　아닌가 쯔쯧.

과수댁　(막순이를 잡고) 달빛은 하늘에 가득하고, 밤은 깊어 삼경
　　　　이라.

막순이　(얼굴이 붉어져) 에그머니나!

과수댁　(온몸이 근질거려) 낭자의 손을 끌고 이불속으로 들어가니~
　　　　아이고! 오메 오메 저릿저릿~ 오메니나! (방바닥에 벌러덩)
　　　　과수댁 살려!

섭이네　아이고머니나! 아녀자가 목청이 크믄 과부가 된다는디
　　　　(발견) 오메나! 성님은 그래서 과부가 되었어요?

24

과수댁	뭐여?
어멈	(마님에게) 마님 어찌, 군음식으로 입 좀 다실까요?
마님	그러게, 입이 좀 마르구먼.
어멈	섭이네. (챙겨 오니라)
섭이네	예. (다 알아 듣고)

섭이네 물그릇을 챙겨들고 나간다.

섭이네	(다짐한다) 아씨, 저 없을 때 매월이 하믄 안 되어. (눈을 찡긋 거린다)
아씨	알았어.

여인네들이
청춘남녀가 되어 사랑을 노는디
애절하여 장을 녹이고
사지가 오글오글
좋다 잘 헌다, 소리하고 – 춤도 추고
사랑 놀음을 노는데 꼭 요렇게 노드란다.

과수댁 외	('판소리 〈춘향전〉 중– 사랑가' 따로 또 함께)
	이리 오너라 업고 놀자. 이리 오너라 업고 놀자.
	사랑 사랑 사랑 내 사랑이야. 사랑이로구나, 내 사랑이야.
	이이이이 내 사랑이로다. 아매도 내 사랑아.

니가 무엇을 먹으랴느냐? 니가 무엇을 먹으랴느냐?
둥글둥글 수박 웃 봉지 떼뜨리고,
강릉 백청을 따르르르 부어, 씰랑 발라 버리고,
붉은 점 움벅 떠 반간 진수로 먹으랴느냐.
아니 그것도 나는 싫소.
그러면 무엇을 먹으랴느냐?
니가 무엇을 먹으랴느냐? 당동지지루지허니
외가지 당참외 먹으랴느냐?
아니 그것도 나는 싫소.
그러면 니 무엇 먹으랴느냐? 니가 무엇을 먹으랴느냐?
앵도를 주랴, 포도를 주랴, 귤병 사탕을 혜화당을 주랴?
아매도 내 사랑아. 그러면 무엇을 먹으랴느냐. 니가 무엇
을 먹을래?
시금털털 개살구, 작은 이도령 서는듸 먹으랴느냐?
아니 그것도 나는 싫어. 아매도 내 사랑아.
저리 가거라. 뒤태를 보자. 이만큼 오너라 앞태를 보자.
아장 아장 걸어라. 걷는 태를 보자. 방긋 웃어라.
잇속을 보자. 아매도 내 사랑아.

멀리서 개 짖는 소리 들린다.
어멈이 놀래어 얼른 들창을 닫는다.
남정네 발소리 들리고
어멈이 들창구멍으로 발소리의 주인이 이 참봉임을 알리자

과수댁이 몸짓으로 발소리의 주인공인 이 참봉의 흉을 보고
여인들 배를 잡고 웃는다.
대략 흉의 내용으로 보면,

'…… 꼴난 이 참봉일세
아, 그 영감 거시기가……
이 참봉 마누라는……
둘이 참말로 거시기를,
그래서 부부라……'

언제나 즐거운 뒷담화!
이 참봉이 요런 흉잽이를 아는지 모르는지
커다란 헛기침 소리로 지나가면

긴 아리랑 (따로 또 같이)

과수댁	누구를 보고자 단장했나. 임 가신 나루에 눈물비 온다.
후렴	아리랑 아리랑 아라리로구료. 아리랑 고개로 나를 넘겨 주소.
막순이	춘하추동 사시절에 임을 그리워 나 어이 살거나.
후렴	아리랑 아리랑 아라리로구료. 아리랑 고개로 나를 넘겨 주소.
어멈	아리랑 고개에 주막집을 짓고 정든 임 오기만 고대 고대

한다.

후렴 아리랑 아리랑 아라리로구료. 아리랑 고개로 나를 넘겨 주소.

마님 우연히 저 달이 구름 밖에 나더니 공연한 심회를 더욱 산란케 한다.

후렴 아리랑 아리랑 아라리로구료. 아리랑 고개로 나를 넘겨 주소.

다시 바느질을 한다.

과수댁 옥연동이 어디래요 마님?

마님 글쎄.

어멈 왜, 어딘 줄 알면 명년 화전놀이라도 가게?

막순이 마님, 옥연동은 없지요?

마님 있다고도 하고 없다고도 하고……

막순이 옥연동에 가믄 시집을 못가도 떳떳하게 살 수 있을 거 같아요.

아씨 나도 가고 싶어.

어멈 (마님 눈치 보며) 아이고 큰일 날 소릴!

과수댁 과부 팔자, 밥 먹는 귀신 주제에 어디 가믄 대접 받을라 구요. 그냥 꿈이라도 꿔 볼려구요.

마님 옥연동이라…… 있어도 없겠구먼. 치마 두른 아낙들이 다 몰려 갈 터이니 아마도 세상 안에는 없는 듯하이.

새가 운다.

마님   (손을 움켜쥐고) 아이구머니나!

마님이 부러진 바늘을 손에 쥐고 놀란다.
모두 함께 놀랜다.
과수댁이 등잔불을 돋운다.

어멈   에구에구, 많이 안 다치셨어요?
마님   피가 좀 나는데 괜찮으이.

어멈이 반짇고리에서 붕대를 꺼내어 얼른 손가락을 싸매어 준다.

과수댁   (바늘 부러진 것을 찾아) 으이구 아까워라! 그동안 마님 손에
서 온갖 재주를 놀더니 이제 명이 다했냐 어쩌냐, 고생했
다 잘 가거라. (부러진 바늘을 주며) 명복이나 빌어 주세요.
마님   (바늘을 받아) 그럴까.

마님이 부러진 바늘을 쥐고 명복을 빌며 화롯불에 넣으며.

〈조침문〉

마님   오호바늘아 오상지상품배를 올러내어

중국에 중침이냐 양국에 양침이냐
두 돈주고 너를 사니 시물다섯 한 쌈이라
맏동서 열 낱 주고 둘째동서 열 낱 주고
질녀 두 낱 주고 내하나 하였더니
오늘밤 이 내 손이 제각 없어
화다닥 지끈둥 부러지니
가슴이 뜨끔하고 두 눈이 캄캄하여
차마 보기 어려워서 두 손으로 급히 주워
화롯불에 안장하고 돌아와 반혼하니
여금 없이 잘 가거라 오호 통재 상향

여인들이 합장으로 빌어 준다.

과수댁 (수틀을 들여다보며) 아유 꽃 좋다, 여기가 옥연동이네! 이제
보니 우리 마님이 옥연동에서 노시네.

마님 수 놓는 것이 매일 매일 소풍길이지.

막순이 (감상하며) 모란이 활짝 피었네요.

마님 오늘에서야 다 피웠구나.

어멈 꽃 한 송이에 수백 땀을 놓으니 마님이 피우신 게 맞네요.

마님 이 병풍만 벌써 반년 넘게 수를 놓고 있으니 그 말도 그
럴 듯 하구면.

섭이네가 소반에 물 사발과 군음식거리를 받쳐 들고 온다.

물 사발은 마님이 먼저 자시고, 아씨가 자시고, 어멈이 마시고, 과수댁이 마시고, 마지막 막순이까지 마실라믄 쪼오끔 모지라서 서운하다.

섭이네 (막순에게) 매월이 아적 안 했지?

막순이 안 했수.

아씨 (눈을 비비며) 요사이로 마음을 애써 그러한가, 눈이 침침해요 어머니

어멈 예, 예~. (속바지 주머니에서 동전을 꺼내어 올리며) 여기 우리 아가씨 눈 밝아지는 약 드립니다.

아씨 (주워 주머니에 넣으며) 눈은 밝아 졌는데 목이 잠겨 소리가 잘 안 나오니 어쩌나, 이목구비 구녕마다 듣는 재미가 덜하겠네.

과수댁 (동전을 바치며) 이런, 바느질 고맙단 말이 아직 땅에 떨어지지도 않았네. 혼렛날이 낼모렌데 우리 애기씨 목 아프면 안 되지요 얼른 나으슈!

아씨 (활짝 웃으며) 아이고 신기해라, 동전이 약도 아닌데 목이 활짝 개이니 오늘은 꾀꼬리가 노는 듯 이 소리가 절로 나오겠지.

과수댁 예, 예 그러시겠쥬, 어여 꾀고리 타령 좀 들어 봅시다.

여인들이 바느질을 시작하고
섭이네가 슬그머니 약과를 집어 속바지 주머니에 넣는다.

6. 이야기로구나!

새가 운다.

아씨 (듣고서) 새가 우네.
하늘엔 울타리도 없으니
아무데나 저 가고 싶은 대로
훨훨 날아가면 될 터인데
무엇이 서러워 저리도 구슬피 울까요?
(새야) 너도 옥연동이 그리워 우니?
(새를 부른다) 호이 호이!

어멈 내년에는 풍년이 든다고 소쩍소쩍 운다네요.

과수댁 솥 적어! 솥 적어!

섭이네 참말로?

아씨 풍년 들면 좋지, 이 밤에 홀로 목이 닳도록 울까요…….

과수댁 숙영낭자 혼백이 자기 이야기 하는 줄 알고 왔다가
나…… 선군이 숙영 가슴에 꽂힌 칼을 뽑아내자 새가 세
마리 퍼덕하고 날아올라 숙영의 유언을 울잖아요. '하면
목, 하면목' 뭣이 그리 면목이 없어 '하면목'이래.

사이, 잠시 고요…….
모두 새소리를 듣는다.

마님   (조용히 재촉) 향금아.

아씨   (허둥지둥) 각설이라.

과수댁   (틀렸어요) 아니여 거시기.

아씨   어디?

과수댁   (알려준다) 신혼 거시기.

마님   (정신 차려라! 이 대목이다) 상공부부가 동별당에 신방을 꾸리게 하니 선군과 낭자의 기뻐하는 마음과 사랑하는 마음이 비할 바가 없더라.

아씨   (책을 짚으며) 예 어머니! 상공부부가 동별당에 신방을 꾸리게 하니 선군과 낭자의 기뻐하는 마음과 사랑하는 마음이 비할 바가 없더라.

마님   (방백) 그렇지, 휴우 가마타고 오던 날이 엊그제 같은데…….

아씨   이후로 선군이 잠시도 낭자 곁을 떠나지 않고 희롱하며 지내니 상공부부는 선군이 학업에 전념하지 않은 것이 민망하나 자식이 오직 선군뿐이라 꾸짖지도 못하난지라.

어멈   (방백) 자식을 이기는 부모 없지.

아씨   세월이 흘러 팔년을 지나니 자식 남매를 나아난지라. 딸의 이름은 춘양이요 아들의 일흠은 동츈이라 하고, 세월이 갈수록 집안의 살림이 더욱 부유하여지니 선군은 동산에 가문정을 짓고 숙영낭자와 더불어 더욱 사랑하며 날마다 노닐더라.

과수댁　(방백) 잠깐이다. 잠깐이야!

아씨　하루는 상공이 선군에게 이르기를 '내 들으니 조만간 과거시험이 있다 하니 너도 한양에 올라 입신양명하여 부모를 영화롭게 하고 조상의 이름을 빛내니 어떠하뇨?' 하시고 즉일의 과거 길을 재촉하니, 선군이 대답하여 왈 '우리 집이 천하에 다시없을 만큼 부유하고 노비 또한 천여 명이나 되어, 벼슬아치들이 즐기는 것은 물론이요 귀와 눈이 즐기고자 하는 것을 마음대로 할 수 있는데 아버님은 무엇이 부족하와 제가 과거에 급제하기를 바라나이까?' 하니 이 말은 잠시도 낭자를 이별하고 떠날 뜻이 업시니라.

막순이　(방백) 나는 언제나 임을 만나 이별 없이 살고 지고야.

아씨　선군이 낭자 방의 드러가 부친 말삼을 하며 과거의 아니 가기로 말하니, 낭자가 정색하고 말하기를 '대장부가 세상에 태어나서 입신출세하여 아름다운 이름을 널리 알리고 부모님을 영화롭게 하며 조상을 빛내는 것이 떳떳한 일이거늘 이제 낭군이 첩을 잇지 못하옵고 과거에 아니 가오면 공명도 일사옵고 또한 부모님과 다른 사람이 첩에게 혹하여 아니 간다 할 것이니, 낭군은 다시 생각하셔서서 저를 사랑하시는 마음은 잠시 접으시고 한양을 올라가 장원급제를 하시옵소서. 그러면 부모님께 영화일 뿐 아니라, 제 마음 또한 더 없이 상쾌할 것이니 그 기쁨 어찌 다 말로 이르리오' 하고 행장을 차려주며 왈,

'낭군이 만일 과거의 안이 가시면 맛참내 사지 아니하로 이다.'

과수댁 맛참내 지무덤을 파는구나!

아씨 이때가 경인년 춘삼월 보름이라. 선군이 길을 떠나면서 한 걸음 걷고 한 번 돌아보고 두 걸음 걷고 두 번 돌아보니 낭자가 눈물을 흘리며 말하기를 '낭군은 천리 머나먼 길을 평안히 다녀오소서!' 하니 그 소리에 장부의 간장이 다 녹는 듯하더라.

새가 운다.
등잔불이 바람에 흔들리며 깜박인다.
모두 이야기에 풍덩 빠져
방안에 백선군과 숙영이, 매월이, 상공 등이 다 들어와 앉았다.

백선군 (절절하게) 여보 숙영이, 동춘아, 춘양아 아버지가 왔다!

숙영 (놀라) 낭군께서는 이 깊은 밤에 어떻게 오셨나이까?

백선군 하루 종일 한양을 향해 갔으나 도무지 낭자 생각에 음식도 먹을 수 없고 잠도 이룰 수가 없는지라 잠깐이라도 낭자 얼굴이나 보고 가려고 왔소 그려.

숙영 이처럼 밤에 왕래하시다가 만일 도중에 천금처럼 귀한 몸에 병이라도 나시면 어찌하려고 이러시나이까?

상공 (기습적으로) 아가, 이게 무슨 소리냐?

숙영 (놀래어) 아버님, 동춘이 잠 깨어 우난 소리입니다. (들으라고) 아가야 어서 자거라. (다급히) 서방님, 아버님께서 낭군이 왕래할까 걱정하시어 수시로 창밖을 순찰하오니 어서 바삐 숙소로 돌아가소서. 만일 들키기라도 하면, 시아버님께서 반드시 저를 꾸중할 것이옵니다.

백선군 사랑을 따르자니 불효가 되고, 부모를 따르자니, 이 내 사랑이 우는구나.

상공 (의심하여) 아가, 누가 온 게냐?

숙영 (변명) 아닙니다 아버님, 매월이 불러 잠시 적적함을 달래고 있었습니다. (제발) 낭군님은 부디 마음을 굳게 간직하고 한양으로 올라가소서. 낭군께서 과거에 급제하여 자랑스럽게 내려오시면 그때 우리 서로 사랑하는 마음을 마음껏 나누사이다.

백선군 그대, 사랑이 가라면 가리다. 아, 과거길이 원수로다! 과거에 급제한들 무엇 하며, 한림학사가 된들 무엇하리오? 한순간을 못 보아도 삼 년을 못 본 듯하거늘, 이제 나는 낭자의 말을 들어 가려니와 이는 사람이 아니라 귀신이 되어 가는 것이오.

상공 (분명히) 아가, 네 낭군이 서울로 간 뒤에 혹 도적이 들까 하여 내가 집안을 두루 살피던 차에 네 처소에서 남자의 목소리가 들려 이상하게 생각했노라. 그런데 어젯밤에 또 다시 네 방에서 남자의 목소리가 들렸으니, 그것이 어찌 된 일인지 사실대로 말하거라!

숙영 밤이면 심심하기에 매월을 불러 아이들과 함께 이야기를 나누었나이다. 제가 어찌 외간 남자를 방안에 불러들여 이야기를 나누었겠나이까?

상공 (소리쳐 부른다) 매월아!

상공 네가 요사이 낭자의 방에 간 일이 있었느냐?

매월 소인이 피곤하여 요사이 낭자의 방에 간 일이 없나이다.

상공 요 며칠 사이에 밤마다 낭자의 방에서 외간 남자의 목소리가 들리기에 내가 낭자에게 물으니 '밤에 심심하여 매월과 함께 이야기를 나누었다' 했느니라. 그런데 너는 '가지 않았다'고 하니 참으로 이상하도다. 어떤 놈이 낭자의 방에 드나들면서 간통하는 것이 틀림없도다. 너는 낭자의 방을 잘 감시하고 있다가 그놈이 어떤 놈인지 꼭 알아 오너라.

매월 이제 때가 왔구나. 서방님이 숙영 낭자와 배필을 정하기 이전에는 나를 취하여 수청을 들게 하여 외로움을 달래시더니 숙영낭자를 들인 이후 팔 년이 넘도록 나를 한 번도 찾아보지 않으니 이 일 때문에 이 가슴에 첩첩이 쌓인 원한과 내 간장이 굽이굽이 썩는 줄 누가 알리오? 내 이제야 소원을 이룰 듯하다. 내 이 기회를 놓치지 않고 숙영을 음해하여 가슴에 쌓인 원한을 풀고 다시 서방님을 모시리라. 돌쇠야 너는 이 금은을 줄 테니 내 말대로 하거라. 요사이 서방님이 과거를 보기 위해 서울에 가 계시니, 너는 여기 낭자의 방 마루 밑에 가만히 숨어 있으라. 내가 지금 바로 상공의 처소에 가서 여차여차하다고 말하면 상공이 분명 화가 나서 너를 잡으러 여기로 올 것이라. 그때 너는 낭자의 방에서 나온 척 하면서 문을 여닫고 도망가라. 그러면 상공께서 그것을 진짜로 알고 낭자를 추궁할 것이고 낭자는 욕을 피할 수 없게 될 터이니 너는 반드시 지금 내가 말한 대로 추진하라.

(소리 지른다) 나으리, 나으리! 상공을 명을 받들어 며칠 동안 낭자의 방을 지켜보고 있었는데 마침 오늘 밤에 어떤 놈이 낭자의 방으로 들어가기에 소인이 몸을 감추고 귀 기울여 들으니, 낭자가 그놈에게 이르기를 '서방님이 서울에서 내려오거든 서방님을 죽이고 재물을 훔쳐 함께 도망가자' 하더이다.

상공 무엇이 저런 고약한 것들을 보았나, 너는 어서 숙영을 잡아오라!

상공처 영감, 어찌 가장으로 규방의 일을 논하시오. 제가 차분히 알아서 일러바치리다.

상공 부인은 나서지 마시오. 차마 입에 담기 어렵고 귀로 들을 수 없이 몸이 오싹하니 장차 하늘이 놀랄 일이 벌어질 지경이오. 어서 들어가시오.

매월 낭자는 들으시오! 상공께서 외간 남자가 낭자의 방에서 나오는 것을 직접 목격하시고 죄 없는 우리를 잡아내 죽도록 문초하시더니 내게 '낭자를 빨리 잡아오라' 하셨소. 어서 빨리 가사이다.

숙영 그것이 무슨 말인가? 나는 아무것도 모르노라. 아버님,

아직 날도 새지 않았는데 제가 무슨 죄를 지었기에 종들로 하여금 저를 잡아오게 하셨나이까?

상공 며칠 전에 내가 너의 침소를 둘러보다가 들으니 낭자가 분명 외간남자와 말을 하고 있었는지라. 내가 너의 진심을 모르는 탓에 분함을 잠깐 참고 너의 침소를 엿보니 마침내 어젯밤에도 팔 척이나 되는 건장한 놈이 침소의 방문을 닫고 도망했도다. 내가 그 일을 직접 목격했거늘, 네가 무슨 변명을 할 수 있으리요?

숙영 아버님, 전혀 그러한 일이 없사옵니다.

상공 이런, 내가 직접 목격한 일도 이렇듯 변명하니 내가 보지 못한 일이야 어찌 말로 표현 할 수 있으리요? 어젯밤에 너의 방에서 나온 놈이 어떤 놈이기에 끝까지 나를 속이려 하느냐? 어서 그놈의 이름을 바로 아뢰어라.

백선군 (분노) 매월이 네 이년 어서 아뢰지 못할까!

매월 (악을 쓰) 소인은 모르는 일이요! 숙영낭자가 자살한 것은 천하가 아는 일인데 내가 칼로 찔러 죽인 바도 아닌데 무엇을 고하란 말씀이요?

숙영 아무리 시아버님의 명령이 제왕의 위엄처럼 엄숙할지라도 저는 조금도 잘못을 저지른 일이 없나이다. 천지귀신 일월성신은 제게 죄가 있는지 없는지 아실 것이니, 제발 억울하고 원통한 제 누명을 벗겨주소서.

백선군 (치를 떨며) 매월이 네년의 간계인 것을 이미 다 알거늘 저년이 실토할 때까지 매우 쳐라!

매월   (분하여) 그러면 서방님은 나를 품었던 것도 아시오? 내가
           지난 8년간 서방님을 기다린 것도 아시오?

상공   내가 끝내 너와 간통한 놈을 찾아내고 말리라.

숙영   간통이라니요 아버님?

상공   아버님이란 소리 듣기 싫다! 폐백을 받은 적 없으니 며
           느리라 할 수 없다. 어서 묶어 매우 쳐라

숙영   아무리 육례를 갖추지 않은 며느리라 할지라도 어찌 제
           게 이처럼 흉한 말씀으로 꾸짖으시나이까?

매월   (답하라) 서방님을 그리는 나의 정이 어찌 죄가 된단 말
           이오?

백선군 듣기 싫다! 어서 바른대로 이르지 못할까!

상공   재상가의 규중에 외간 남자가 출입하는 것만으로도 죽
           어 마땅한 일이로다. 하물며 네 방에 외간남자가 출입하
           는 것을 내 눈으로 직접 보았는데 어찌 너를 범상하게
           다스릴 수 있으리오? 어서 매우 쳐라!

상공처 상공께서 눈이 어두워 송죽 같은 절개를 지닌 며느리를
           이렇듯 박해하시니 어찌 후환이 없으리요.

백선군 아버님은 어찌하여 저 여우같은 것의 말을 믿어 백옥같
           이 순결한 낭자를 죽게 하셨습니까?

매월   나도 사랑했오! 나도 서방님을 사랑했오! 이 몸도 사랑
           하며 살고 싶어서 내가 그리 했소! 사랑한 죄로 죽으라
           면 죽으리다.

백선군 저런 발칙한 년, 더러운 주둥아리로 감히 사랑을 입에

올리다니 어찌 너 같은 년을 한 순간인들 살려 둘까보
냐. 저년의 주둥아리를 갈갈이 찢어 죽이라!

숙영 옛말에 도적의 때는 벗어도 창녀의 때는 벗지 못한다 했
으니 제가 이런 누명을 쓰고 어찌 살기를 바라겠나이까?

상공처 이게 다 영감 때문이요, 상공인지 중공인지 망령이 들어
아무 잘못 없는 며느리를 모함해 이 지경이 되었으니 뒷
일을 어찌하면 좋단 말이요?

숙영 어머니, 저 같은 계집이 음행을 저지른 죄로 세상에 알
려지게 되었으니 앞으로 자식들은 어찌 얼굴을 들고 살
며, 서방님은 무슨 죄로 사람들의 손가락질을 받겠나이
까. 낭군이 돌아오신 뒤 얼굴을 마주하기 어려울 것이니
저는 죽음으로 누명을 벗어 가족들에게 누가 되지 않게
하려 하나이다.

백선군 어여쁜 우리 낭자야! 나를 버리고 어디로 갔소? 나도
데려 가시오! 옥 같은 내 사랑 낭자 얼굴 보고 지고! 이
제 낭자가 죽었으니 어느 천 년에 다시 볼꼬! 낭자 없
는 세상에 어찌 살리요, 나도 죽어 저승에서 낭자와 상
봉하리다.

숙영 슬프다, 내가 죽는 것은 서럽지 않으나 강보에 싸인 자
식들은 누구를 의지해 살아가리오. 너희의 앞날을 생각
하니 마음이 아득하구나. 낭군님아, 낭군님아, 어서 바삐
돌아와 제 시신을 수습하고 제게 허물이 없음을 명백히
밝히시어, 가슴에 맺힌 한을 풀지 못하고 죽은 제 혼백

을 위로해주소서.

새가 울어,
숙영의 혼백 같은 새가 울어.

아씨　(방백) 어머니 그 사람은 어떤 사람일까요? 그 사람도 이
　　　　도령처럼 키가 클까요? 저를 보고 웃어 줄까요? 상처를
　　　　하였다 하나 마음마저 떠나보냈을까요? 어머니는 아셔
　　　　요? 그 사람이 이 도령처럼 저를 어여삐 여겨줄까요? 저
　　　　를 진정 사랑하여 줄까요? 어머니, 저는 두려워요, 무서
　　　　워요.

향낭의 산유화.

아씨　(노래한다) 하늘은 어이하여 높고도 멀며
　　　　땅은 어이하여 넓고도 아득한가
　　　　천지가 비로 크다 하나
　　　　이 한 몸 의탁할 곳이 없구나
　　　　차라리 저 강물에 빠져
　　　　물고기 배에 장사 지내리
　　　　(책상위로 - 마치 낭떠러지로 올라선다)
　　　　호이 호이!

풍덩! – 하늘로 몸을 던지듯이

뛰어 내린다.

새가 날아든다.

신묘장구대다라니(神妙章句大陀羅尼, 신묘한 다라니)

과수댁이 경을 외운다.

아씨는 새를 안으려 돌고 또 돌고

어멈은 화전놀이 춤을 추며

막순이는 아씨의 혼례복을 입고 천지사방에 절을 하는데

마님은 두 다리를 뻗고 앉아 몸부림을 치며 '어머니'를 부르며 운다.

섭이네가 요강에 앉아 시원하게 소변을 본다.

좔좔좔좔~~~~~~~~~~~

과수댁 나모라 다나다라 야야 나막알약 바로기제 새바라야 모
지사다바야 마하사다바야 마하가로 니가야 옴 살바 바
예수 다라나 가라아 다사명 나막 까리다바 이맘알야 바
로기제 새바라 다바 니라간타 나막하리나야 마발다 이
사미 살발타 사다남 수반아예염 살바보다남 바바말야
미수다감 다냐타 옴 아로계 아로가 마지로가 지가란제
혜혜하례 마하 모지 사다바 사마라 사마라 하리나야 구
로구로 갈마 사다야 사다야 도로도로 미연제 마하미연
제다라다라 다린나례 새바라 자라자라 마라미마라 아
마라 몰제예혜혜 로계새바라라아 미사미 나사야 나베

43

사 미사미 나사야 모하자라 미사미 나사야 <u>호로호로</u> 마
라호로 하례바나마 나바사라사라 시리시리 소로소로 못
쟈못쟈 모다야 모다야 매다라야 니라간타 가마사 날사
남 바라 하라나야 마낙사바하 싯다야 사바하 마하싯다
야 사바하 싯다유예 새바라야 사바하 니라간타야 사바
하 바라하 목카싱하 목카야 사바하 바나마하따야 사바
하 자라가라욕다야 사바하 상카섭나네 모다나야 사바하
마하라 구타다라야 사바하 바마사간타 이사시체다 가릿
나이나야 사바하 먀가라 잘마이바 사나야 사바하 나모
라 다나다라 야야나막알야 바로기제 새바라야 사바하!

7. 사랑이야!

이제,
드렁드렁 – 섭이네 코고는 소리로 불이 켜지면
모두 제자리에 앉아서 처음처럼 바느질을 하고
섭이네만 네 활개를 펼치고 잠들어 있다.

아씨　(마지막 대목이다) 낭자가 다시 살아나서 선군과 함께 집으로 돌아와 시부모님 앞에 나아가 절을 하며 '제가 이렇게 된 것은 천상에서 지은 죄 때문이며 이 모든 것이 천명 아닌 것이 없나이다. 이제 옥황상제께서 우리를 천상으로 올라오라 하시니 천상으로 가나이다' 하니, 선군이 눈물을 흘리면서 절하며 '소자 등은 이 세상과 인연이 다해 오늘 하직하오니 두 분께서는 내내 평안하옵소서' 인사를 올리고 선군은 동춘을, 숙영은 춘양을 안고 청사자에 오르니 사자가 무지개를 타고 하늘로 올라가더라.

상공부부, 낭자와 선군이 천궁으로 올라간 뒤에 재산을 가난한 이웃들에게 모두 나누어주고 백 살이 되던 해 한날한시에 별세하니, 이때 소백산 주령봉에서 곡성 소리와 함께 안개가 자욱하게 일어나고, 구름과 안개가 상공의 집안을 덮은 채 사흘 동안 가시지 않았더라. 구름과 안개가 사라진 뒤에 이웃 사람들이 두 분을 주령봉에 안

장하니 이후로 사람들이 이르기를 '소백산 주령봉은 신
선이 놀던 곳이라' 하더라.

아씨가 책을 덮는다.
마님은 고름으로 눈물을 찍어내고
막순이는 무엇이 좋은지 벙실벙실 입이 다물어지지 않아
두 손으로 입을 가리고
과수댁은 목을 잡고 마른침을 삼키고
어멈은 그새 침장을 다 꿰매어 마무리를 한다.
침장의 화조도가 근사하다.

섭이네 (잠꼬대) ㅈㄲㄷㅈㄲㄷㅈㄲㄷㅈㄲㄷㅈㄲㄷ

모두 귀를 기울인다.

섭이네 (잠꼬대) ㅈㄲㄷㅈㄲㄷㅈㄲㄷㅈㄲㄷㅈㄲㄷ

도통 알아들을 수 없다.
마님이 막순에게 포대기를 내 주어 덮어 주게 한다.
어멈은 침장을 횃대에 걸고
아씨는 책을 섭이네 머리에 베어 준다.
모두 이야기의 감동을
토닥토닥 반벙어리 손짓 눈짓으로 나누며

조용조용 방을 나가면, 막순이 마지막으로 불을 끄고 나간다.

섭이네만 남아 잠든 방

우풍인가,

침장을 흔들며 바람이 지난다.

달빛이 고요한데

꿈인가,

침장에 드는 무릉도원에 꽃잎은 날리는데

'백선군'이 온다.

도포자락 휘날리며 얼쑤절쑤 춤을 추며 온다.

섭이네 좋아서 웃는

잠꼬대도 참 행복하다

〈참고인용문헌〉

母德

戒女歌

치매타령(경남 칠곡군 전승민요)

貧女音(허난설헌)

판소리 춘향가 중에서 '사랑가'

弔針文

긴아리랑

신묘장구대다라니경

향낭의 산유화

『숙영낭자전』

『숙향전, 숙영낭자전』(한국고전문학전집 006, 문학동네, 이상구 주석)

한국 희곡 명작선 37

'숙영낭자전'을 읽다

초판 1쇄 인쇄일   2021년 1월 10일
초판 1쇄 발행일   2021년 1월 20일

지 은 이   김정숙
만 든 이   이정옥
만 든 곳   평민사
　　　　　서울시 은평구 수색로 340 〈202호〉
　　　　　전화 : 02) 375-8571
　　　　　팩스 : 02) 375-8573
　　　　　http://blog.naver.com/pyung1976
　　　　　이메일   pyung1976@naver.com
등록번호   25100-2015-000102호
ISBN　　　978-89-7115-735-0 03800
　　　　　978-89-7115-663-6 (set)
정　　가   6,000원